# L'HOPITAL DES CLINIQUES

DE LA

# FACULTÉ DE MÉDECINE DE PARIS

PAR

LE Dr A. CORLIEU
Bibliothécaire-adjoint de la Faculté de Médecine,
Chevalier de la Légion d'honneur, etc.

PARIS
V. A. DELAHAYE ET Cie, LIBRAIRES-ÉDITEURS,
Place de l'École-de-Médecine.

1878

## DU MÊME AUTEUR :

L'Ancienne Faculté de Médecine de Paris, 1 vol. in-8, A. Delahaye, 1877.

La Mort des Rois de France, depuis François Ier jusqu'à la Révolution française, 1 vol. in-12, Germer Baillière, 1874.

Extrait de la *France médicale*, nos 65 et suivants, 1878.)

# L'HOPITAL DES CLINIQUES

DE LA

# FACULTÉ DE MÉDECINE

## DE PARIS

Moins d un demi-siècle après sa construction, l'Hôpital des Cliniques aura disparu, et le quartier aura été bouleversé de fond en comble.

Il n'est pas sans intérêt de remonter dans le passé et de rappeler tous les changements qu'a subis cette partie du vieux Paris qui va encore une fois se métamorphoser.

Jusqu'au règne de Louis XIV, tout l'îlot d'habitations compris entre les rues de l'Ecole-de-Médecine, Monsieur-le-Prince et le boulevard Saint-Michel formait un triangle dont la base était constituée par une partie des fortifications de Paris et dont les trois sommets étaient formés par l'église de la paroisse Saint-Côme, opposée à la base, et par les portes Saint-Michel et Saint-Germain, occupant l'une l'angle droit, l'autre l'angle gauche de la base de ce triangle

La petite église Saint-Côme était située au coin des rues des Cordeliers et de La Harpe, à l'endroit où actuellement la rue Racine débouche sur le boulevard Saint-Michel. C'était une des nombreuses petites paroisses de Paris : c'était celle de la corporation des chirurgiens. Parmi les monuments qu'elle contenait, un seul a quelque intérêt pour nous, c'est celui élevé à la mémoire de La Peyronie premier chirurgien du Roi, fondateur de l'Académie de chirurgie, mort le 25 avril 1747 et dont la générosité pour la corporation à laquelle il appartenait a été sans égale. Enrichi par la pratique de sa profession et par les faveurs de Louis XV, De La Peyronie légua, à sa mort, à la corporation des chirurgiens de Paris sa terre de Marigny-en-Orxois, près de Château-Thierry, laquelle fut achetée deux cent mille livres par le Roi, qui l'offrit à Abel Poisson, frère de la Marquise de Pompadour. Il légua, en outre à la même corporation, toute sa bibliothèque qui est aujourd'hui à la Faculté de médecine, une rente de deux cents livres chaque année pour de nouveaux achats de livres, et une de trois cents livres pour le bibliothécaire qui devait être pris parmi les chirurgiens. Une telle générosité méritait bien un monument dans l'église de la confrérie. Vinache y avait fait le médaillon de La Peyronie, et Joubert, son buste en marbre blanc.

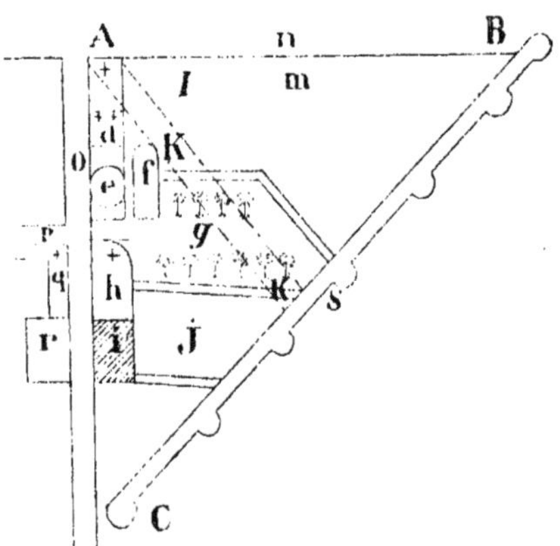


A. Eglise Saint-Côme.
An B. Rue de La Harpe, aujourd'hui boulevard Saint-Michel.
B. Porte Saint-Michel.
C. Porte Saint-Germain.
CsB. Fortifications de Philippe-Auguste, aujourd'hui rue Monsieur-le Prince.
O. Rue des Cordeliers, aujourd'hui rue [de l'Ecole-de-Médecine.
I. Collége Jean-Justice.
m. Collége d'Harcourt, aujourd'hui [Lycée Saint-Louis.
d. Charnier de la paroisse Saint-Côme.
e. Amphithéâtre des Ecoles de chirurgie, aujourd'hui Ecole nationale des Arts décoratifs.
f. Réfectoire des Cordeliers, aujourd'hui Musée Dupuytren.
g. Jardin du couvent des Cordeliers.
h. Eglise des Cordeliers.
i. Partie de l'église détruite, pour faire la place de l'Ecole-de-Médecine.
j. Cloître du couvent des Cordeliers, sur l'emplacement duquel on a construit l'hôpital des Cliniques.
k. Rue Racine.
p. Rue Hautefeuille.
q. Couvent et église des Prémontrés.
r. Collége de Bourgogne, sur l'emplacement duquel on a bâti l'Académie d chirurgie, Faculté de médecine actuelle.

En descendant la rue des Cordeliers, aujourd'hui rue de l'Ecole-de-Médecine, en trouvait à gauche, après l'église Saint-Côme, le cimetière ou charnier de la paroisse, puis les Ecoles de chirurgie. En

1554, les chirurgiens avaient fait construire un petit appentis dehors de cette église pour y donner leurs consultations, et le 8 février 1616 ils achetèrent quelques toises de terrain dans le charnier pour y faire construire leur collége. Mais cet emplacement étant devenu insuffisant, ils achetèrent le 16 juin 1691, aux Cordeliers, moyennant 600 livres de rentes non rachetables un terrain de onze toises de façade sur sept et demie de profondeur (22 mètres sur 15 mètres), pour y construire leur amphithéâtre, dont la première pierre fut posée le 2 août 1691 (1). C'est aujourd'hui l'*Ecole nationale des Arts décoratifs*. Nous avons dit ailleurs (2) toutes les contestations qui survinrent entre les corporations des médecins et des chirurgiens à propos du mot *Collegium* qu'on lisait sur le fronton de la porte d'entrée.

Après les Ecoles de chirurgie était le couvent de l'Observance des frères mineurs de l'ordre de Saint-François ou Cordeliers, dont il reste encore aujourd'hui le réfectoire, — qui est actuellement le Musée Dupuytren — et le dortoir à l'étage supérieur. Ce couvent, bâti par Saint-Louis en 1230 dans un champ de vignes appartenant à l'abbaye Saint-Germain-des-Prés, incendié en 1580, réparé sous Henri III, s'étendait depuis les Ecoles de chirurgie jusqu'à la porte Saint-Germain, à laquelle aboutissaient les fortifications du Paris de Philippe-Auguste, et il occupait la plus grande partie du triangle formé par les rues des Cordeliers, de La Harpe et les fortifications (3).

Ce couvent mérite un temps d'arrêt.

Tous les médecins connaissent le réfectoire du couvent des Cordeliers, monument du XVI$^{e}$ siècle, ou du moins la partie consacrée au Musée fondé par la donation de Dupuytren en 1835. En parcourant le côté sud, qui conduit aux salles des cours de l'Ecole pratique, on voit les treize fenêtres ogivales parfaitement conservées, entre lesquelles d'énormes piliers soutiennent les murs. En pénétrant dans la cour du n° 7 de la rue de l'Ecole de médecine, on peut voir

(1) *Recueil de Pièces*, t. VIII, n° 2, in Bibl. Fac. méd. (Dépôt).

(2) Corlieu. *L'Ancienne Faculté de médecine de Paris*. Paris, 1877, p. 177.

(3) En descendant la rue à droite, vis-à-vis Saint-Côme était le collége d'Ainville, fondé par Jean d'Ainville, secrétaire de Charles V. Ce collége existait encore en 1707. Au coin de la rue Hautefeuille étaient le couvent et l'église des Prémontrés, qui sert actuellement de salles d'examens et de laboratoires à la Faculté. Après l'église était le collége de Bourgogne fondé en 1331 par Jeanne, reine de France et de Navarre, épouse de Philippe VI de Valois, en faveur de vingt boursiers du pays de Bourgogne. C'est sur l'emplacement de ce collége que les chirurgiens ont fait construire en 1774 leur Académie de chirurgie, qui est notre Faculté de médecine actuelle. C'est quelques maisons plus loin qu'habitait Marat, en 1793, quand il fut assassiné.

encore assez bien conservés des noms innombrables gravés dans la pierre depuis le premier étage jusqu'à quatre ou cinq mètres environ du sol. Des deux côtés de la porte d'entrée des logements du Chef des travaux anatomiques, on aperçoit d'énormes chiffres sur la signification desquels nous n'avons que des données hypothétiques. Quant aux noms, ce sont des noms de Cordeliers, dont quelques-uns sont suivis de la qualification de *Père* et qui, par conséquent, n'ont rien de commun avec la corporation des chirurgiens, leur voisine. A la droite de la façade de cet ancien réfectoire existe encore la petite tourelle qui conduisait au dortoir des Bacheliers ou Jeunes frères. D'après les travaux projetés en 1771, ce réfectoire était destiné à recevoir les Archives de la Chambre des comptes. Sous la Restauration, il servit d'atelier de peinture au baron Regnault, membre de l'Institut, mort en 1829 (1).

Entre le réfectoire et le cloître étaient les jardins plantés d'arbres et de berceaux.

L'église des Cordeliers, l'une des plus vastes de Paris, s'étendait depuis la cour du cloître jusqu'à la rue de l'Observance : elle avait environ cent mètres de long sur trente de large et bordait la rue des Cordeliers. On y avait enterré de grands personnages, mais tous étrangers à notre profession. Elle avait été reconstruite en 1606.

Le cloître des Cordeliers s'élevait dans le quadrilatère irrégulier formé par les jardins du couvent, les fortifications et l'église. Il avait été construit en 1683 et contenait cent cellules pour les frères et bacheliers. C'était le couvent le plus nombreux de Paris (2). Des murs solidement construits et quelques maisons se prolongeaient depuis le cloître jusqu'à la porte Saint-Germain, porte de l'enceinte de Philippe-Auguste, qui s'est d'abord appelée Porte des Cordèles, puis Porte Saint-Germain, à partir de 1350. C'est par cette porte que les Bourguignons entrèrent dans Paris en 1418, conduits par Perrinet Leclerc, qui avait dérobé les clés à son père, garde du guichet Saint-Germain. Elle fut démolie en 1672, lors des agrandissements de Paris : auprès de cette porte était une fontaine qui a été reconstruite à différentes époques et que nous avons tous vue en dernier lieu entre les n^os 24 et 26 de la rue de l'Ecole-de-Médecine.

La rue Monsieur-le-Prince est établie sur l'emplacement des fortifications de l'enceinte de Philippe-Auguste. Lors de l'agrandissement de Paris, sous Louis XIV, ces fortifications furent détruites, les fos-

---

(1) Auteur du *Déluge*, de *Mars désarmé par Vénus*, de l'*Education d'Achille*, d'*Andromède* et *Persée*, des *Trois Grâces*, de *Jupiter enlevant Io*, etc., etc.

(2) Félibien et Lobineau. *Histoire de Paris*, t. I, p. 285, 343

sés furent comblés et devinrent une rue qui prit le nom de rue des Fossés-Saint-Germain, à cause de la porte Saint-Germain, puis rue des Fossés de Monsieur le Prince de Condé, à cause de l'hôtel de ce prince, bâti dans le voisinage et plus tard rue Monsieur-le-Prince. Il va sans dire qu'en 1793 cette dénomination fut remplacée par celle de rue de la Liberté. En même temps disparurent le mur et les maisons qui joignaient le couvent à la porte Saint-Germain, ce qui amena le percement de la rue de l'Observance.

A la rencontre de ces fortifications et de la rue de La Harpe s'élevait la porte Saint-Michel ou d'Enfer, ou porte Gibard, démolie en 1684. Sur l'emplacement de cette porte était l'ancienne place Saint-Michel, où est le bassin actuel.

Le troisième côté du triangle était formé par une partie de la rue de La Harpe qui, depuis l'église Saint-Côme jusqu'à la porte Saint-Michel portait le nom de rue Saint-Côme. Disons pour mémoire que deux collèges importants occupaient la plus grande partie de ce côté, le collège d'Harcourt, fondée en 1280 par Raoul d'Harcourt, chanoine de Paris, et le Collège de Justice, fondé en 1354 (1) par Jean Justice, chanoine de Paris, entre l'église Saint-Côme et le collège d'Harcourt.

Lors de la construction du théâtre français (Odéon) en 1779-1782, on ouvrit la rue Racine depuis le théâtre jusqu'à la rue Monsieur-le-Prince : ce n'est qu'en 1832 que cette rue fut prolongée jusqu'à la rue de La Harpe et fit disparaître ce qui restait de l'ancienne église Saint-Côme.

Tout l'intérêt pour nous se concentre dans l'espace compris entre les rues Racine, Monsieur-le-Prince, Antoine Dubois (ancienne rue de l'Observance) et de l'Ecole de médecine.

Lorsque, sur l'emplacement de l'ancien Collége de Bourgogne, on éleva en 1774 l'Académie de chirurgie, — notre Faculté actuelle, — l'architecte Gondoin jugea indispensable d'agrandir la place, ce qui ne pouvait se faire qu'en démolissant une partie de l'église des Cordeliers (2). Les Révérends pères furent consultés et tout naturellement refusèrent. On leur offrait en échange de transférer leur couvent dans celui des Célestins, car on avait déjà projeté le prolongement de la rue Racine jusqu'à la rue de La Harpe.

La petite église Saint-Côme était insuffisante. La continuation de la rue Racine devait la faire disparaître. On songea à transférer le

(1) 1358, d'après une note des *Archives nationales*.
(2) Gondoin. *Description des Ecoles de chirurgie*, 1780, in-fol.

siége de la paroisse dans l'église des Cordeliers. Bon gré, mal gré, les Révérends Pères durent céder et on ne conserva au culte catholique que le sanctuaire de leur vaste église : le reste fut démoli et devint la place actuelle de l'Ecole-de-Médecine. C'est dans cette ancienne église que se tint en 1790 le fameux club des Cordeliers, opposé à celui des Jacobins et dans lequel se faisaient entendre Camille Desmoulins, Danton, Marat, Chaumette, etc. On sait comment il finit.

La construction de l'Académie de chirurgie amena bien des modifications dans le quartier. Du cloitre des Cordeliers on projeta de faire la prison pour les débiteurs insolvables, près de laquelle s'élèverait la caserne pour le guet à cheval, et vis-à-vis l'Académie devait s'élever une fontaine monumentale. Mais ces projets ne furent pas tous mis à exécution ; la Révolution les arrêta. Ce qui restait de l'ancienne église des Cordeliers fut démoli et vendu comme propriété nationale, et c'est sur l'emplacement du sanctuaire que nous voyions encore en 1876 les librairies Germer-Baillière et Masson.

Marat habitait près de l'Académie de chirurgie. Avant de faire de la politique, il était médecin, avait pris ses grades en Suisse, son pays natal, et était médecin des Gardes du corps du comte d'Artois. Il avait écrit quelques ouvrages sur l'électricité, le feu, la lumière, etc. (1). Après sa mort, la rue de l'Ecole-de-Médecine prit pendant quelque temps le nom de rue Marat.

Lors du déplacement du couvent des Cordeliers, Louis XVI avait donné aux chirurgiens de Saint-Côme l'ancien cloitre de ce couvent pour en faire un hôpital qui prit les noms d'hôpital Saint-Côme ou de l'Observance (2) et qui ne fonctionna que d'une façon intermittente.

Quand l'Empire fut installé, on songea de nouveau à utiliser l'ancien cloitre des Cordeliers. La fontaine projetée fut terminée. L'eau tombait en nappe dans un bassin ; au-dessus était l'inscription suivante :

---

(2) Marat. *De l'homme ou de l'influence de l'âme et du corps*, Amsterdam, 1775, in-12, 3 vol. *Recherches physiques sur le feu*, 1780. *Découvertes sur le feu, l'électricité et la lumière*, 1779. *Recherches sur l'électricité*, 1782. *Traduction de l'optique de Newton*, 1787, etc. Il fut enterré dans le jardin des Cordeliers, avant d'être porté au Panthéon.

(2) Le nom d'*Observance* venait de la dénomination du couvent qui s'appelait couvent de l'*Observance de Saint-François* ou des Cordeliers. La porte d'entrée de l'hôpital, qui donnait sur cette rue, consistait en une simple porte cochère.

NEAPOLIONIS AUGUSTI PROVIDENTIA
DIVERGIUM SEQUANÆ
CIVIUM COMMODO ASCLEPIADEI ORNAMENTO. MDCCCVI.

Cette fontaine, nous ne l'avons pas vue, cependant nous la connaissons tous ou du moins nous en connaissons une partie.

Si l'anatomie et la physiologie sont la base des sciences médicales, la clinique en est le complément ; de plus, elle est la pierre d'assise de la pratique. A la réorganisation des écoles de médecine, on crut utile de créer de nouveaux cours cliniques. Il en existait déjà à la Charité et à l'Hôtel-Dieu ; on jugea le nombre insuffisant.

En 1822, quand dix médecins ou chirurgiens étrangers à l'enseignement, se virent appelés au professorat, un nouveau service de clinique chirurgicale fut installé dans l'hôpital de l'Observance : on lui donna le nom pompeux d'Hôpital de perfectionnement et la nouvelle chaire fut confiée au chirurgien le plus dévoué à la Cour peut-être, mais assurément le moins apte à remplir ces lourdes fonctions. Bougon, qui était chirurgien du comte d'Artois et qui avait sucé la plaie du duc de Berry dans la nuit du 13 février 1820, fut placé à la tête de ce service de clinique chirurgicale qui comptait une cinquantaine de lits. Il avait alors Velpeau pour chef de clinique et le professeur agrégé M. Jules Cloquet le remplaçait bien souvent. En 1828, cet hôpital fut supprimé.

Peu après son arrivée au décanat (1er mai 1831), Orfila mit en œuvre toute sa vigilance, son activité et l'influence qu'il pouvait avoir auprès de l'autorité supérieure, afin d'obtenir des améliorations pour la Faculté. Déjà, sous le règne de Charles X, on avait demandé au Conseil de l'Université des fonds pour la construction des amphithéâtres et des pavillons de dissection dans l'ancien jardin du couvent des Cordeliers. L'Université s'y était refusée, prétendant que ces dépenses ne la regardaient pas, mais devaient être faites par la Ville, en vertu du décret du 7 septembre 1800.

Le 22 avril 1832, une loi établit que des pavillons de dissection seraient construits dans l'ancien jardin du couvent, qui était le jardin botanique de la Faculté et que l'ancien hôpital de l'Observance serait démoli et reconstruit. La ville de Paris devrait fournir 310 000 francs pour ces dépenses et l'Université 340 000 fr.

Gisors fut l'architecte du nouvel hôpital : il tira autant que possible parti des anciennes constructions. La fontaine monumentale de la place de l'École-de-Médecine disparut : elle fut remplacée par la porte d'entrée de l'hôpital et les quatre colonnes d'ordre dorique cannelé furent utilisées pour le portique : ce sont celles que nous avons tous connues. Le cloître de l'ancien couvent avait la forme d'un trapèze : le rez-de-chaussée servait d'écuries et de pavillons de dissection fort obscurs, triste voisinage pour des malades. Le nouvel hôpital eut la forme d'un parallélogramme avec quatre galeries, ayant neuf arcades de deux côtés et onze des deux autres, le tout surmonté d'un étage aboutissant à deux amphithéâtres.

Pour donner à l'entrée de l'hôpital un aspect plus monumental, Orfila demanda qu'on y plaçât la statue d'Esculape. Le ministre des travaux publics se chargea de supporter les frais de cette statue, qui, quoique n'ayant qu'un médiocre mérite, fut évaluée seize mille francs.

Au mois de juillet 1834, l'hôpital était à peu près terminé : il ne restait plus que l'encoignure droite de la façade, à l'angle de la place de l'École et de la rue de l'Observance.

Dans une assemblée de la Faculté, à la date du 11 juillet, une commission fut chargée d'étudier un projet de réglementation du service de l'hôpital. Paul Dubois en fut le rapporteur. Il fut décidé qu'il y aurait trois services de clinique, un pour la clinique d'accouchements, un pour la clinique médicale et l'autre pour la clinique chirurgicale. A la clinique d'accouchements serait attaché un chef de clinique et une surveillante ; à la clinique de médecine serait attaché un interne ; deux seraient accordés à la clinique chirurgicale.

Une question plus importante était de déterminer quels seraient les professeurs chargés de ces services. Il n'y avait aucun embarras pour la clinique d'accouchements : Paul Dubois était le seul professeur, et comme tel il était momentanément à l'hôpital de la Maternité, non ouvert aux étudiants; mais il n'en était pas de même des deux autres. Les professeurs Rostan et Bouillaud se présentèrent pour la clinique médicale ; les professeurs Roux et Jules Cloquet pour la clinique chirurgicale. M. Bouillaud était professeur de clinique interne depuis 1831 et était à l'hôpital de la Charité ; Rostan avait obtenu l'année précédente au concours (19 juillet 1833) la chaire de clinique médicale vacante par la mort de Leroux et était médecin de l'Hôtel-Dieu. Il avait été à peu près décidé que M. Bouillaud passerait à l'hôpital des Cliniques et que Rostan irait à la Charité. Le premier voulait un chef de clinique, le second se contentait d'un interne. Mais le professeur Bouillaud changea d'avis et préféra garder sa clinique de l'hôpital de la Charité. Rostan fut donc désigné pour le nouvel hôpital.

Le choix du professeur de clinique chirurgicale fut plus difficile. Les professeurs Roux et Jules Cloquet se présentaient en même temps. Roux était professeur depuis 1820 ; il avait quitté en 1830 la chaire de pathologie externe pour prendre celle de clinique chirurgicale qui était devenue vacante par suite de la destitution de Bougon ; il était chirurgien de l'hôpital de la Charité depuis 1810 (1).

Le professeur J. Cloquet était chirurgien en chef adjoint à l'hôpital Saint-Louis depuis 1819 ; il était passé à Saint-Antoine en 1829 et de là à la Maison municipale de santé. En 1831, il avait été nommé au concours professeur de pathologie externe. Mais Antoine Dubois, qui était à l'hôpital de l'Observance ou de Perfectionnement, ayant donné en 1833 sa démission de professeur de clinique chirurgicale, M. Jules Cloquet permuta sa chaire de pathologie externe contre celle de clinique externe.

La lutte fut assez vive entre les deux concurrents. Roux fit valoir son ancienneté dans le professorat ; M. Jules Cloquet s'appuya non sur l'ancienneté, mais sur des considérations d'un autre ordre. Agrégé depuis 1824, il avait dû faire pendant un certain temps le cours de clinique chirurgicale d'Antoine Dubois, empêché par la maladie. Or, comme depuis la destitution de Bougon, le vieux Dubois avait été chargé de la clinique de l'hôpital de perfectionnement, M. Cloquet prétendit qu'en succédant à la chaire de Dubois, il devait également lui succéder au nouvel hôpital, qui n'était que le rétablissement de l'ancien. Les choses traînèrent en longueur ; Roux demandait des atermoiements, la Faculté le pressait de se prononcer. Il se décida enfin à garder son service clinique de la Charité. De cette sorte, Paul Dubois fut chargé de la chaire de clinique d'accouchements ; celle de clinique interne fut confiée à Rostan, et celle de clinique externe à M. Jules Cloquet (2).

Mais la construction de l'hôpital des Cliniques et des nouveaux pavillons de dissection, ainsi que le percement de la rue Racine avaient considérablement diminué le jardin botanique de la Faculté, et ce qui restait était insuffisant pour l'étude. Le doyen Orfila fit des démarches nombreuses auprès de l'autorité pour obtenir la concession de quelques hectares dans la partie gauche de la pépinière du Luxembourg. Une ordonnance royale du 4 juillet 1834 accorda le terrain demandé, et le 4 août, la Faculté de médecine en prenait possession.

---

(1) Corlieu. *La Faculté de médecine de Paris après juillet* 1830. Paris, 1878, br. in-8. — Avant juillet 1830, les professeurs de clinique chirurgicale étaient : Bougon, Boyer, Ant. Dubois et Dupuytren.

(2) *Archives de la Faculté de médecine*, 1834.

Avant l'installation des malades dans le nouvel hôpital, Orfila avait fait une proposition qui, selon nous, aurait dû avoir l'approbation générale : c'était de donner aux onze Salles de l'hôpital, non pas des numéros d'ordre ou des noms de saints, mais les noms de onze médecins célèbres, comme un hommage et un souvenir. Cette proposition ne fut pas acceptée et le numérotage fut préféré (1), bien qu'elle ait été approuvée par la majorité de l'assemblée des professeurs.

L'hôpital des Cliniques de la Faculté fut ouvert le 1er décembre 1834, et si la Faculté en était la propriétaire, l'administration des hôpitaux en avait l'entretien.

Le 8 décembre, le professeur Cloquet commença son enseignement par un discours d'inauguration. Une quarantaine de lits constituaient son service. Prenant son enseignement à la lettre, il ne se contentait pas de voir par lui et pour lui, il associait ses élèves à sa pratique. Après la visite avait lieu la consultation : la leçon à l'amphithéâtre et les opérations venaient ensuite. Sous Dupuytren on jurait par la parole du maître ; avec le professeur Cloquet, l'étudiant pouvait avoir une opinion à lui ; le maître se chargeait de relever les erreurs. Tout cela nous semble bien naturel aujourd'hui.

Il en était de même pour la clinique d'accouchements. On avait jugé cet enseignement bien nécessaire, puisqu'en 1823 on avait créé une chaire de clinique d'accouchements qu'on avait donnée à Deneux, un brave et honnête praticien, mais un professeur qui n'avait jamais professé pendant les sept années qu'il fut en posession de son titre (2). Paul Dubois avait été formé de bonne heure par son père à la pratique des accouchements ; il avait obtenu sa succession comme chirurgien à l'hôpital de la Maternité, et venait de concourir quelques mois auparavant avec Velpeau, Lécorché-Colombe, Bazignan et Baudelocque neveu, pour la chaire de clinique d'accouchements. Les élèves affluèrent vite dans les salles de Paul Dubois, qui ne contenaient d'abord que 16 lits : son enseignement était une véritable nouveauté. Pour la première fois, on entendait un professeur d'accouchements débarrasser la science de toutes les superfluités dont on l'avait encombrée, joindre la pratique à la théorie, et, dans des leçons solides, faire preuve d'un savoir, d'une netteté et d'une précision inconnues jusqu'alors.

Rostan arriva dans son service précédé par une grande réputation. Elève de Pinel à la Salpêtrière, puis maître à son tour, il avait attiré

---

(1) *Archives de la Faculté*, séance du 7 novembre 1834.
(2) Corlieu, *La Faculté de médecine après juillet* 1830, p. 9.

les élèves à cet hospice, comme on les y attire encore aujourd'hui. C'est là qu'il avait fait ses recherches sur les maladies de l'encéphale, sur le ramollissement du cerveau ; c'est là qu'il avait jeté les fondements de l'organicisme. Rostan avait tout pour lui, le fond et la forme ; esprit cultivé, manières distinguées, grande affabilité pour ses malades et ses élèves, parole facile. Il faisait interroger les malades par les étudiants qu'il guidait dans leurs interrogations, méthode qui a aujourd'hui de nombreux adeptes dans les chefs de services hospitaliers. Quand Rostan commença ses leçons à l'amphithéâtre, pendant le semestre d'été, l'amphithéâtre fut réellement trop petit. Il faut dire aussi que Rostan devait traiter des maladies des centres nerveux, exposer les bases de la doctrine organique, démontrer qu'il n'y a dans l'homme vivant que des organes en exercice, que lorsque ces organes sont sains, les fonctions correspondantes sont normales ou physiologiques ; que, dans le cas contraire, elles sont augmentées, diminuées, abolies ou perverties. Il voulait prouver que le cerveau est un organe multiple, — opinion alors en litige — et qu'il est destiné à présider à des actes différents.

Que de chemin a fait la science depuis un demi-siècle ! et que de peines il fallut prendre pour répandre ces idées qui sont aujourd'hui dans le domaine commun !

Tel était l'enseignement donné à l'hôpital des Cliniques de la Faculté, qu'Orfila considérait un peu comme son œuvre personnelle et dans lequel, par un heureux choix ou un hasard providentiel, avaient été appelés trois professeurs pleins de zèle et de savoir et très-sympathiques à la jeunesse.

Orfila avait demandé au Conseil de l'Université et obtenu un chef de clinique médicale pour le professeur Rostan. Dans l'assemblée des professeurs du 24 avril 1835, M. Jules Cloquet demanda un chef de clinique chirurgicale, s'appuyant sur ce qui avait lieu pour ses collègues. Après plusieurs délibérations et malgré un rapport favorable de Velpeau, la demande du professeur Cloquet ne fut pas accordée.

Rostan avait eu pour chefs de clinique, de 1835 à 1837, Delaberge, de 1837 à 1839, Boyer, à qui succéda Fournet connu par ses « Recherches cliniques sur l'auscultation des organes respiratoires, etc. »

L'expérience avait démontré l'insuffisance de l'hôpital pour trois cliniques : Dubois, de son côté, avait dû plusieurs fois faire évacuer ses salles, à cause des épidémies de fièvre puerpérale. On proposa de transporter à l'Hôtel-Dieu la clinique de Rostan et d'agrandir ainsi le service du professeur Dubois en espaçant davantage ses malades. Mais la Faculté n'est pas souveraine maîtresse, elle a souvent à lutter avec le Conseil des hospices, qui est une puissance et parfois trop routinière. Orfila qui avait eu à défendre quelques années auparavant les intérêts de la science, de ses collègues et des élèves à propos des autopsies et dissections, crut qu'on pourrait se dispenser d'en référer au Conseil des hospices et qu'il suffirait d'invoquer l'Ordonnance du Roi qui portait qu'il y aurait un service de clinique médicale de cinquante lits, ce qu'il était impossible d'établir à l'hôpital de la Faculté. Du même coup on avait demandé de transporter également dans un autre hôpital la clinique chirurgicale, ce à quoi le professeur Jules Cloquet s'opposa.

Le Conseil général des hospices fut plus accommodant qu'on ne l'avait supposé : il reconnut la nécessité de la demande de la Faculté et, dans l'assemblée des professeurs du 24 décembre 1837, Orfila annonça que la suppression du service de clinique médicale et l'augmentation de celui de clinique d'accouchements étaient décidées et acceptées.

Mais pour transporter la clinique de Rostan à l'Hôtel-Dieu, où était déjà celle de Chomel, il fallait trouver un service et déplacer un des médecins de l'Hôtel-Dieu, ce qui n'était pas une petite affaire. Non pas que le passage de Rostan à l'Hôtel-Dieu fût un privilège, puisqu'il était déjà médecin de cet hôpital quand il fut appelé à celui des cliniques. Sur ces entrefaites mourut Petit, l'un des médecins de l'Hôtel-Dieu. Rostan put alors, sans léser les droits de personne, y transporter en 1840 son enseignement clinique, salles Sainte Jeanne et Saint-Antoine.

Le service du professeur Dubois fut ainsi augmenté de vingt lits, ce qui le porta à trente-six, ce qui est le nombre actuel.

Dès 1837 la santé du professeur Jules Cloquet laissa à désirer : il ne put faire son service que d'une façon irrégulièrement intermittente, ce qui permit aux jeunes agrégés d'être mis à l'épreuve de l'enseignement. C'est ainsi que A. Bérard en 1837, Monod en 1838, Lenoir en 1839, M. Larrey en 1840, MM. Voillemier, Gosselin, Nélaton, Giraldès, etc., etc., furent momentanément chargés du service du professeur Cloquet.

Après les sanglantes journées de juin 1848, où la lutte avait été très-vive sur la rive gauche de la Seine, l'hôpital des Cliniques reçut quelques morts et soixante-dix-huit blessés. Giraldès, comme agrégé, avait alors la direction du service chirurgical en remplacement du professeur Jules Cloquet. Le professeur Ch. Robin, alors agrégé et ancien interne de cet hôpital, vint prêter son concours à Giraldès. Il nous souvient d'y avoir vu, salle n° 1, un jeune tambour de la garde mobile, dont la poitrine avait été traversée par une balle et qui succomba dans les vingt-quatre heures dans des accès pénibles d'orthopnée. Dans une des premières salles était couché le lieutenant de garde mobile Max. Lamarque, petit-fils du général de ce nom, blessé dans une barricade de la rue des Noyers. Il avait reçu l'ordre de s'emparer de deux ou trois barricades qui fermaient cette rue et de déboucher sur la place Maubert, fortement défendue. Une balle vint le frapper à l'épaule, brisa la torsade de son épaulette et laboura l'omoplate au moment où, se tournant vers ses soldats, il leur commandait d'escalader la barricade. — « N... d.. D.. de maladroit ! » s'est-il écrié, paroles que la légende a transformées en celles-ci : « Il fallait bien arroser mon épaulette !... » Il fut reçu dans une ambulance improvisée dans une mauvaise maison de la rue des Noyers, couché près du jeune Louis Lesbros, ancien élève de l'Ecole polytechnique, blessé mortellement d'un coup de feu dans l'articulation scapulo-humérale (1). Transporté le soir même à l'hôpital des Cliniques, Lamarque fut traité par les sangsues, et les antiphlogistiques, guérit et fut nommé chevalier de la Légion d'honneur.

Dans le même service fut apporté un jeune homme qui, s'étant appuyé par mégarde sur son fusil armé, reçut le projectile dans la région temporale. Le crâne fut brisé, la mort ne fut pas instantanée et l'on put voir pendant quelque temps les battements de l'encéphale à travers la perte considérable de substance osseuse.

Parmi les morts se trouvaient le commandant de garde mobile Cippoline, tué place Saint Hyacinthe-Saint-Michel, — Barbier, maître d'études au Lycée Saint-Louis, tué roide d'une balle qui le frappa à la porte même du Lycée, — un caporal de la XII^e légion, fusillé pour avoir été pris les armes à la main, combattant contre l'armée et la garde nationale, etc., etc.

Giraldès fit son service avec un grand dévouement, ne quitta son hôpital ni le jour ni la nuit, et fut, en récompense de son abnégation, nommé chevalier de la Légion d'honneur par le général Cavaignac, chef du pouvoir exécutif.

Bien que ouvert depuis 1834, l'Hôpital des Cliniques n'était pas terminé : l'angle droit de la façade était resté inachevé. Orfila est jugé depuis longtemps : malgré toutes les tribulations qu'il a dû supporter, malgré toutes les attaques injustes et passionnées dont il a été l'objet, son nom doit être à jamais vénéré parmi nous, et si la Révolution de 1848 l'a renversé de son décanat, sa mémoire n'a pas à souffrir des coups de vent de la politique. Orfila aimait *sa* Faculté

(1) J'ai été témoin des faits racontés ci-dessus. Louis Lesbros était fils d'un colonel du génie ; il fut transporté rue Corneille ; j'ai conduit à son domicile le Représentant du peuple, Jacq. Maissiat, professeur agrégé à la Faculté de médecine, chargé de visiter les blessés. Lesbros est mort le 24 juillet 1848, ayant refusé de subir l'opération de la désarticulation.

et *ses* étudiants, et qu'il nous soit permis de rappeler ici une anecdote qui, de notre temps. courait le quartier latin.

Un jour Orfila était reçu aux Tuileries en audience particulière par le roi Louis-Philippe. — « Monsieur le doyen, lui dit le souverain, comment êtes-vous avec vos étudiants? —Sire, répond Orfila, voyez mon chapeau. — Il n'est pas neuf, reprend le roi. — Eh bien! Sire, il n'y a pas quinze jours que je le porte. Quand je suis bien avec les étudiants, ils me saluent tous, je leur rends leur salut et un chapeau me dure un mois; quand, au contraire, nous ne sommes pas bien ensemble, ils ne me saluent pas et un chapeau me dure six mois. Voilà la réponse que j'ai l'honneur de faire à Votre Majesté. » Le vieux roi sourit et Orfila obtint ce qu'il demandait pour son Ecole.

En 1846, Orfila eut la pensée de faire achever l'Hôpital des Cliniques et de réserver la partie neuve pour un service spécial, composé de douze chambres particulières pour les étudiants malades. Excellente idée et bien digne du vigilant doyen! Il demanda au Ministre de l'instruction publique d'affecter 48.000 francs à cette construction. Plans et devis furent acceptés par le Conseil académique et approuvés par le Conseil royal de l'Université dont Orfila faisait partie.
Avec la chute d'Orfila, son projet tomba. L'hôpital fut achevé, mais il n'eut aucune affectation spéciale. L'étudiant malade dut se faire soigner où et comme il le pourrait.

Marjolin, professeur de pathologie externe, étant mort le 4 mars 1849, le professeur Jules Cloquet voulut reprendre une place active dans le corps enseignant et permuta la chaire de clinique chirurgicale contre celle de pathologie, vacante par cette mort. Sa chaire de clinique fut chaudement disputée par douze compétiteurs (1) et conquise par Nélaton, à la suite d'un concours — le dernier pour le professorat — qui se termina le 30 avril 1851.

L'arrivée de Nélaton à l'Hôpital des Cliniques fut un événement. Il avait quarante-quatre ans, était dans toute la maturité de son talent. Les trois autres chaires de clinique chirurgicale étaient occupées par Roux, Velpeau et Laugier. Roux avait soixante-dix ans : il était toujours un opérateur admirable, mais c'était un professeur verbeux, diffus, un dictionnaire vivant de synonymes et d'épithètes. Velpeau n'avait pas encore soixante ans; sa parole faisait toujours autorité; ses leçons étaient assidûment suivies, mais il avait une

(1) Bouisson, Chassaignac, Giraldès, Gosselin, Jarjavay, Michon, Morel-Lavallée, Nélaton, Richet, Robert, Voillemier, Sanson.

certaine brusquerie qui ne plaisait pas toujours, malgré le caractère essentiellement pratique de son enseignement. Quant à Laugier, homme modeste et savant, travailleur timide et ennemi du bruit, plus partisan de la chirurgie solide que de la chirurgie brillante, quoique ne reculant pas devant les opérations les plus hardies et souvent les plus ingénieuses, il faisait consciencieusement son service à l'Hôtel-Dieu.

Nélaton fut l'homme du moment : il avait l'esprit droit, le jugement sûr, de solides connaissances, une grande dextérité jointe à une prudence non moins grande, beaucoup d'affabilité et de tact : il sut tirer parti de la circonstance et de ses aptitudes. Ses leçons devinrent bientôt les plus suivies, et depuis dix ans l'Hôpital des Cliniques était pour ainsi dire le rendez-vous des élèves et des praticiens, quand la blessure de Garibaldi, après le combat d'Aspromonte en 1862, mit le comble à sa réputation. De tous les coins de la France on venait le consulter : on l'appelait à l'étranger. Depuis Dupuytren, jamais on n'avait vu un pareil engouement. Tous les honneurs vinrent à la fois fondre sur lui ; il fut le premier chirurgien qu'on vit s'asseoir dans un fauteuil au Sénat. Nélaton demeura néanmoins toujours le même : il conserva au milieu de cette fortune immense le même calme, la même bienveillance, le même zèle que dans les temps moins prospères. Pendant cinq ans encore le chirurgien oubliait le matin qu'il était sénateur le soir, lorsque, épuisé de fatigue, il demanda à se démettre de ses fonctions et renonça à l'enseignement.

Cette nouvelle fut accueillie d'abord avec incrédulité, puis avec étonnement lorsqu'un Décret impérial, en date du 6 novembre 1867, vint la confirmer en apprenant que Jarjavay, professeur d'anatomie, était appelé à succéder à Nélaton à l'Hôpital des Cliniques. C'était un rude héritage et un lourd fardeau pour un chirurgien, quelle que fût son habileté, que de succéder à une personnalité aussi écrasante.

Jarjavay ne fit que passer dans l'Hôpital des Cliniques : cinq mois après, il allait mourir sur le sol natal, laissant au professeur Richet le périlleux honneur de remplacer Nélaton. Avec le même savoir, la même habileté, chaque professeur a sa méthode particulière d'enseigner. Dans le professeur Richet, les élèves trouvèrent le même coup d'œil, une expérience non moins grande et ils n'oublièrent pas le chemin de l'Hôpital des Cliniques.

A la mort de Laugier (15 février 1872), le professeur Richet passa de l'Hôpital des Cliniques à l'Hôtel-Dieu et fut remplacé par le professeur Broca, dont la vaste érudition égale l'habileté chirurgicale,

M. Broca fut le dernier chirurgien de l'Hôpital des Cliniques, de 1872 à 1877, et son enseignement vient d'être provisoirement transporté à l'hôpital Necker.

Au milieu des décombres amoncelés par la pioche des démolisseurs, deux ailes de l'hôpital des Cliniques restent encore debout ; ce sont celles qui sont consacrées au service des accouchements. Elles seront respectées jusqu'à l'achèvement de l'hôpital spécial que l'on construit actuellement dans les terrains du Luxembourg.

Nous avons dit précédemment que le professeur Paul Dubois inaugura avec un grand succès l'enseignement clinique des accouchements. C'était la première fois que des étudiants étaient admis dans des salles, pouvaient assister la femme en couche et la suivre dans les différentes phases de la parturition, jusqu'à sa sortie de l'hôpital ; car jusqu'en 1834, la Maternité était le seul hôpital spécial consacré aux accouchements, et les portes n'en étaient pas plus ouvertes qu'aujourd'hui. Nous avons dit précédemment qu'un service irrégulier avait été installé dans l'aile du midi de l'hôpital de l'Observance.

Pendant vingt-cinq ans Dubois a occupé officiellement dans l'obstétrique un rang que nul ne lui a contesté et dans lequel il n'a eu ni émules ni rivaux. C'est à son école que se sont formés tous les accoucheurs pendant près d'un demi-siècle, soit comme internes à la Maternité, dont Dubois était le chirurgien depuis le 30 mars 1825, soit comme chefs de clinique (1) à l'hôpital des Cliniques, soit comme auditeurs bénévoles. Son influence a été immense comme sa pratique, non-seulement en France mais à l'étranger. Dubois n'a presque rien écrit en dehors de ses thèses de concours pour l'agrégation et pour le professorat (2), mais combien ses leçons étaient

---

(1) Liste des chefs de clinique d'accouchement :

| | |
|---|---|
| 1835-1837, Lécorché Colombe. | 1857-1859, Charrier. |
| 1837-1839, Devilliers. | 1859-1861, Taurin. |
| 1839-1841, Chailly Honoré. | 1861-1863, Tarnier. |
| 1841-1843, Depaul. | 1863-1865, Guéniot. |
| 1843-1845, Laborie. | 1865-1867, Bailly. |
| 1845-1847, Cazeaux. | 1867-1869, Charpentier. |
| 1847-1849, Moreau Alexis. | 1869-1872, Chantreuil. |
| 1849-1851, Hersent. | 1872-1874, De Soyre. |
| 1851-1853, Cahen, | 1874-1876, Pinard. |
| 1853-1855, Campbell. | 1876-1878, Martel. |
| 1855-1857, Blot. | 1878 Budin. |

(2) *Quænam, in curanda fistula lacrymali, præstantior methodus ?* (Conc. d'agrég., 18 février 1824). — *Dans les différents cas d'étroitesse du bassin, que convient-il de faire ?* (Conc. pour le profess., 14 mai 1834).

pratiques! avec quelle sagesse il traitait toutes les questions relatives à son art! avec quel tact, avec quelle supériorité, avec quelle bienveillance il se montrait au lit de ses malades et dans son amphithéâtre! On a dit de lui que « l'habileté de sa main savait vaincre toutes les difficultés de l'art. » Son apparente hésitation était une sage circonspection. Il nous semble encore entendre sa parole claire, facile, élégante sans prétention, toujours mesurée, soit qu'il exposât les cas difficiles qui venaient de se présenter dans ses salles, soit qu'il traitât des questions générales, comme l'influence des saignées pendant la grossesse, la fièvre puerpérale, l'opération césarienne, etc. Les journaux de médecine se disputaient ses leçons, et nous en devons beaucoup à un homme qui fut pendant longtemps son auditeur assidu et bénévole, que Dubois s'était associé pour la rédaction d'un Traité complet de l'art des accouchements dont le premier fascicule seul a paru, et qui, appelé à l'enseignement officiel, a donné pendant quinze ans à sa chaire de la Faculté de médecine une popularité, un éclat, un retentissement qu'elle n'avait jamais connus jusqu'à lui.

La Révolution de 1848, qui avait renversé Orfila de son décanat, lui avait donné pour successeur le professeur Bouillaud qui ne resta pas longtemps en fonction, et qui, à son tour, eut pour successeur Paul Dubois. Nous ne devons pas sortir de l'hôpital des Cliniques et n'avons pas à juger son décanat.

Le matin du 2 décembre 1851, le professeur Dubois faisait la visite de ses salles avant la leçon à l'amphithéâtre. Tout à coup la foule des élèves s'éloigne de lui. Un étudiant apportait la nouvelle des événements qui se passaient et racontait ce qu'il avait lu sur les affiches placardées dans tout Paris. Dubois, apprenant le motif qui formait ce groupe insolite en dehors de sa visite, « Messieurs, dit-il, en présence de ces événements je ne suis pas plus disposé à faire ma leçon de clinique que vous ne l'êtes à l'entendre » et il continua sa visite avec la même tranquillité.

La Cour nouvelle rappela au professeur de l'hôpital des Cliniques qu'il était baron. En 1856, il fut appelé à résider momentanément aux Tuileries pour l'accouchement de l'Impératrice.

Mais Dubois avait une santé chancelante qui nécessita de nombreuses absences dans son service et le força en 1861 à demander sa mise à la retraite, ce qui lui fut accordé avec le titre de doyen et de professeur honoraire.

Un jour cependant l'obscurité se fit dans cet esprit habituellement si lucide. Dubois se retira dans sa propriété de Verneuil (Eure) où il est mort le 30 novembre 1871, après une déchéance progressive qui n'a pas duré moins de six années.

Dubois eut pour successeur le professeur Depaul qui avait été son chef de clinique de 1841 à 1843, qui comme professeur agrégé avait été appelé à le remplacer fréquemment, à qui Dubois avait accordé toute sa confiance, toute son amitié et qui a su continuer l'enseignement du maître.

Deux femmes ont aussi leur place dans l'histoire de l'hôpital des Cliniques, toutes deux connues de plusieurs générations d'étudiants. Mme Callé, maîtresse sage-femme, très-appréciée et très-estimée de Dubois, est entrée en même temps que lui dans cet hôpital où pendant trente-trois ans, de 1834 à 1867, elle a été l'aide intelligente et dévouée des professeurs Dubois et Depaul. Sa sœur, Mme De Soyre, a été attachée à ce service depuis 1843, et lorsque Mme Callé a été appelée à la Maternité en 1867 avec le titre de sage-femme en chef, Mme De Soyre lui a succédé à l'hôpital des Cliniques.

Depuis l'ouverture de l'hôpital des Cliniques, six pharmaciens s'y sont succédé, le premier seul y est entré sans concours. Ce sont :

Hervang, de 1835 au 16 septembre 1844 ;
Regnauld, du 16 septembre 1844 au 1er janvier 1856 ;
Réveil, du 1er janvier 1856 au 31 décembre 1857 ;
Hébert, du 1er janvier 1858 au 1er janvier 1874 ;
Byasson, du 1er janvier 1874 au 31 mai 1877 ;
Chastain, du 31 mai 1877.

On a fait à l'hôpital des Cliniques, dès son ouverture, une réputation lugubre qu'il tenait sans doute de l'ancien hôpital de la rue de l'Observance, construit, comme on le sait, dans les logements du cloître des Cordeliers, au-dessus des écuries et des salles d'amphithéâtre et de dissection. On a considéré le nouvel hôpital comme le plus insalubre de tous les établissements hospitaliers, et on en cherchait la cause soit dans le peu d'élévation des salles, soit dans le voisinage des pavillons de l'Ecole pratique ou du service des accouchements, soit dans l'exiguïté de l'amphithéâtre d'opérations, soit encore dans le déplacement que devaient subir les malades pour se rendre dans cet amphithéâtre. Voilà pour la chirurgie (1).

Rostan de son côté publia la statistique de son service de clinique médicale du 1er janvier au 16 juin 1835 (2). Sur 311 entrées, il avait eu :

(1) *Gazette des hôpitaux*, 1835, p. 141.
(2) *Gazette des hôpitaux*, 1835, p. 310.

243 guéris ou soulagés,
36 morts,
32 malades dans les salles.

C'était une mortalité de 10 pour 100, c'est-à-dire pas plus considérable que dans les autres hôpitaux.

Quant à Dubois, s'il dut faire quelquefois évacuer ses salles, ce n'est pas que l'hôpital des Cliniques ait le triste privilége des épidémies de fièvre puerpérale; on les rencontre aussi à la Maternité.

La suppression de la clinique médicale en 1840 permit d'améliorer les conditions hygiéniques de l'hôpital, de donner aux malades plus d'air et d'espace.

Si nous voulons comparer la mortalité de l'hôpital des Cliniques avec celle des autres hôpitaux de Paris, nous arrivons aux résultats suivants:

En 1862, la mortalité moyenne pour tous les services de chirurgie de la capitale a été de 6,50 pour 100. A l'hôpital des Cliniques elle a été de 6,77 pour 100.

Il est assez intéressant de donner le tableau comparatif de la mortalité des différents hôpitaux pour 1862 : ce tableau permettra de voir que l'hôpital des Cliniques a été calomnié.

| | | |
|---|---|---|
| Hôtel-Dieu........... | 5,58 | pour 100. |
| La Pitié............. | 5,86 | — |
| Saint-Louis.......... | 6,48 | — |
| Cliniques........... | 6,77 | — |
| Lariboisière......... | 7,46 | — |
| Beaujon............. | 7,57 | — |
| Saint-Antoine........ | 7,60 | — |
| Necker.............. | 8,75 | — |
| La Charité.......... | 9,37 | — |
| Cochin.............. | 12,07 | — (1). |

Sous le rapport de la mortalité chirurgicale, l'hôpital des Cliniques n'a donc pas fourni les mauvais résultats dont on l'accuse.

Si maintenant on compare les accouchements faits dans cet hôpital avec ceux faits à la Maternité pendant la même année 1862, on arrive aux résultats suivants :

| | | |
|---|---|---|
| Hôpital des Cliniques..... | 7,67 | décès pour 100. |
| Maternité................ | 7,98 | — — |

(20) *Statistique médicale des hôpitaux de Paris*, 1861-1864.

Or la moyenne des décès pour les accouchements dans tous les hôpitaux de Paris étant de 7,41 pour 100, celle de l'hôpital des Cliniques ne s'est guère élevée au-dessus de la moyenne générale. En tout cas la Maternité a été moins heureuse.

En 1863, Nélaton changea son mode de pansement. Au lieu du pansement classique avec le cérat et la charpie, il employa l'alcool (1) et sur 54 malades pansés par ce procédé, il eut 53 guérisons : le décès fut celui d'un malade amputé de la verge. Dans le premier semestre de 1864, sur 43 pansements, il y eut 37 guérisons rapides, 3 guérisons retardées et 3 décès. En résumé, pour 1863 et 1864 (1er semestre), sur 97 pansements à l'alcool, il n'y eut que 4 décès. Le Dr Houel, qui suivit assidûment ces malades avec Nélaton, ne put constater dans ce service chirurgical de soixante lits assez de pus pour examiner au microscope l'action de l'acool sur ce liquide.

Dès lors l'hôpital des Cliniques, qui en 1862 occupait le quatrième rang pour le petit nombre des décès, prit le premier, ainsi que le démontrent les statistiques officielles de 1863 que nous reproduisons ci (2).

| | | |
|---|---|---|
| Cliniques........ | 5,55 | décès pour 100. |
| Hôtel-Dieu....... | 6,00 | — — |
| Saint-Antoine.... | 6,06 | — — |
| Beaujon......... | 6,86 | — — |
| Lariboisière..... | 7,08 | — — |
| La Pitié......... | 7,21 | — — |
| Saint-Louis...... | 7,98 | — — |
| Cochin.......... | 9,03 | — — |
| Necker......... | 10,06 | — — |
| La Charité....... | 10,52 | — — |

Le service d'accouchements se ressentit de cette amélioration, car la mortalité qui l'année précédente avait été de 7,67 pour 100 tomba à 5,01.

En 1864 et 1865, l'hôpital des Cliniques retomba au sixième et au septième rang : sa mortalité fut un peu supérieure à la mortalité

(1) Batailhé, *Lettre sur l'insalubrité des hôpitaux de Paris*, 1852. — Batailhé, *De l'alcool et des composés alcooliques en chirurgie*. — Lecœur (de Caen), *Des pansements à l'aide de l'alcool et des teintures alcooliques*, 1864. — De Gaulejac, *Du pansement des plaies par l'alcool* (Thèse de Paris), 1864. — Chedevergne. *Du traitement des plaies chirurgicales et traumatiques par les pansements à l'alcool*, in *Bull. gén. de thérap.*, 15 octobre 1864.

(2) *Statistique médicale des hôpitaux de Paris.*

moyenne générale (1). En 1866 cet hôpital était encore au sixième rang, mais avec une mortalité de 6,24 pour 100, la mortalité moyenne étant de 6,79. Pendant ces trois années l'hôpital de la Charité, habituellement si mal partagé, fut l'hôpital qui compta le plus petit nombre de décès. Mais en 1868 et 1869 où s'arrêtent nos documents, le service chirurgical des Cliniques reprit le premier rang avec une mortalité bien inférieure à la moyenne. En 1858 il n'y eut que 4,25 décès pour 100, la moyenne étant de 6,57; en 1869 la mortalité fut également de 4,25, la moyenne étant de 7,40 dans tous les services chirurgicaux de Paris.

Ces chiffres ont leur éloquence et ils sont les meilleurs défenseurs de l'hôpital qui disparait et de l'habileté des chirurgiens qui s'y sont succédé depuis le professeur Cloquet jusqu'au professeur Broca.

En résumé, après avoir été un champ de vignes dépendant de l'abbaye Saint-Germain-des-Prés jusqu'au règne de saint Louis, — après avoir été jusqu'au règne de Louis XVI un des couvents importants, les plus nombreux et parfois les plus turbulents de Paris, — après avoir vu pendant la période la plus agitée de la Révolution ce qui restait de sa vieille Eglise transformé en un club, — après avoir été vendue en partie comme bien national, cette portion de notre vieux quartier des Ecoles va renaitre à une vie nouvelle. La ville de Paris s'est rendue acquéreur moyennant un million, sans compter les indemnités locatives, de ce que la Nation avait aliéné en 1793, et là où s'élevaient naguère la vaste église des Cordeliers et le cloitre du couvent, devenu à plusieurs reprises asile hospitalier, elle va contruire d'immenses laboratoires réclamés par les besoins incessants d'une science dont elle constate et apprécie l'importance et les progrès et faire une Faculté de médecine digne d'elle-même et digne de la France (2).

---

(1) *Comptes moraux de l'Assistance publique*, in-4°.

Mortalité moyenne générale en 1864............. 6,10
— du service chirurgical des Cliniques..... 6,12
— moyenne générale en 1865............. 6,49
— du service chirurgical des Cliniques..... 7,71

(2) Dans la séance du 2 juillet 1877, le Conseil municipal de Paris, sur le rapport de M. Viollet-Leduc, a approuvé les plans et devis de la reconstruction de l'Ecole pratique dont la dépense est évaluée à 2 586 335 francs.

---

Paris. — Typ. A. Parent, Imp. de la Faculté de Méd., rue M.-le-Prince, 31.

www.ingramcontent.com/pod-product-compliance
Ingram Content Group UK Ltd.
Pitfield, Milton Keynes, MK11 3LW, UK
UKHW021047260726
13994UKWH00005B/2383